Paul Bert

Notice sur les titres et travaux scientifiques

Anatiposi

Paul Bert

Notice sur les titres et travaux scientifiques

Réimpression inchangée de l'édition originale de 1868.

1ère édition 2023　|　ISBN: 978-3-38220-206-4

Anatiposi Verlag est une marque de Outlook Verlagsgesellschaft mbH.

Verlag (Éditeur): Outlook Verlag GmbH, Zeilweg 44, 60439 Frankfurt, Deutschland
Vertretungsberechtigt (Représentant autorisé): E. Roepke, Zeilweg 44, 60439 Frankfurt, Deutschland
Druck (Imprimerie): Books on Demand GmbH, In de Tarpen 42, 22848 Norderstedt, Deutschland

NOTICE

SUR LES

TITRES ET TRAVAUX SCIENTIFIQUES

DU

DR Paul BERT

LAURÉAT DE L'INSTITUT

Chargé du cours de physiologie comparée au Muséum d'histoire naturelle de Paris.

AOUT 1868

PARIS

IMPRIMERIE DE E. MARTINET

RUE MIGNON, 2

1868

TITRES ET GRADES UNIVERSITAIRES

1857. Licencié en droit
1860. Licencié ès sciences naturelles
1863. Docteur en médecine
1865. Docteur ès sciences naturelles

} des Facultés de Paris.

1863-1866. Préparateur du cours de médecine expérimentale au Collége de France (Professeur : M. Claude Bernard).

Année scolaire 1865-1866, 2° semestre, et année scolaire 1866–1867, chargé du cours de zoologie et de physiologie animale à la Faculté des sciences de Bordeaux.

Semestre d'hiver 1867 – 1868, professeur suppléant (titulaire : M. Flourens), puis chargé du cours de physiologie comparée au Muséum d'histoire naturelle de Paris.

1862. Membre de la Société philomathique de Paris.

1863. Membre de la Société de biologie.

1865. Lauréat de la Société pour l'instruction élémentaire (médaille de bronze).

1866. Lauréat de l'Académie des sciences (prix de physiologie expérimentale de 1865).

TRAVAUX SCIENTIFIQUES

A. — PHYSIOLOGIE.

1. *Greffe animale par approche.*

(*Bulletin de la Société philomathique*, 1862.)

Une incision longitudinale est pratiquée à la peau du thorax et de l'abdomen de deux animaux (rat blanc, *Mus decumanus*, var. albine), à droite chez l'un, à gauche chez l'autre ; les lèvres de la plaie sont relevées, disséquées et réunies d'un animal à l'autre par des points de suture. On obtient ainsi cicatrisation cutanée par première intention, et, au bout de quelques jours, des vaisseaux nombreux établissent solidarité entre la circulation sanguine des deux animaux.

2. *Soudure cutanée entre deux animaux d'espèce différente.*

(*Bulletin de la Société de biologie*, 1863.)

Le même résultat est obtenu en agissant sur deux animaux d'espèce différente, mais appartenant au même genre : *Mus decumanus*, var. albine, et *Mus striatus.*

3. *Greffe animale.*

(*Bulletin de la Société de biologie*, 1863, p. 3, pl. V, fig. 2 et 3.)

La patte d'un très-jeune animal (rat blanc), dépouillée de sa peau et introduite sous la peau d'un animal de même espèce, contracte des relations vasculaires avec cet organisme nouveau, y vit, y grandit.

4. *De la greffe animale.*

(Thèse pour le doctorat en médecine, 8 août 1863, in-4, 110 pages. — Cette thèse a été signalée par la Faculté de Paris à M. le ministre de l'Instruction publique, en premier rang parmi celles qui, dans l'année 1863, ont « offert un mérite absolu très-réel ».)

Ce travail est divisé en quatre chapitres :

CHAPITRE Ier. — Définition de la greffe animale. Ses différences principales avec la greffe végétale. Son importance en physiologie générale.

Applications les plus importantes de la greffe animale à la physiologie et à la chirurgie.

CHAP. II. — Expériences personnelles. Expériences du même ordre que celles qui ont été rappelées sous les §§ 1er et 2. Communication de l'empoisonnement d'un des animaux greffés à l'autre animal. Greffe de rat sur chat : réunion par bourgeons charnus; dilatation des pupilles du rat par injection de belladone dans le rectum du chat. Greffe de deux rats avec cavité abdominale ouverte : formation d'une nouvelle membrane péritonéale, etc.

Expériences du même ordre que celles qui ont été rappelées sous le § 3. Introduction sous la peau ou dans le péritoine d'un animal de pattes, de queues, de mâchoires, etc., d'un autre animal de même espèce. Tentatives infructueuses pour greffer des œufs de mammifère fécondés.

CHAP. III. — Résumé de tous les faits de greffe connus jusqu'à ce jour.

CHAP. IV. — Des conditions de réussite et des suites de la greffe : nutrition, innervation, etc., des parties greffées.

5. *Expériences et considérations sur la greffe animale.*

(*Journal de Robin*, 1863.)

Résumé de la thèse ci-dessus indiquée, avec expériences et déductions nouvelles. J'insiste particulièrement sur deux points :

1° Possibilité de la greffe en rapport avec la distance zoologique de l'animal qui portera la greffe à celui qui la fournit, etc.;

2° Conséquences théoriques de ce fait qu'une partie séparée des centres nerveux et placée dans des conditions de nutrition favorables continue à se nourrir, et même, si elle n'a pas atteint encore son développement entier, poursuit régulièrement son évolution, s'ossifie, atteint, dans le temps ordinaire, sa forme et ses dimensions normales.

6. *Expériences de greffe animale.*

(*Bulletin de la Société philomathique*, 1864, et *Bulletin de la Société de biologie*, 1864.)

7. *Recherches expérimentales pour servir à l'histoire de la vitalité propre des tissus animaux.*

(Thèse pour le doctorat ès sciences naturelles, Paris, 1866, in-4, 96 p., 2 pl. *Annales des sciences naturelles*, Zoologie, 5° série, t. V.)

La physiologie générale est assez riche en expériences montrant l'influence des conditions de milieu sur la manifestation et l'existence de certaines propriétés des éléments anatomiques ; ce sont les propriétés d'où résulte le mouvement (contractilité, neurilité), et celles d'où résulte la formation d'un être nouveau (aptitude à féconder, à être fécondé, à se développer). On sait, par exemple, qu'un muscle de mammifère perd sa contractilité à + 45°, que les cils vibratiles s'arrêtent temporairement par l'action de substances fortement endosmotiques et exosmotiques, et définitivement par celle de substances acides, etc. Mais pour les propriétés de nutrition on ne savait presque rien ; l'existence de ces propriétés ne se manifeste que par des phénomènes dont l'observation doit durer longtemps, et les parties qu'il a fallu séparer du corps pour les soumettre aux agents modificateurs ne tardent guère à périr. Il fallait trouver un procédé expérimental qui, replaçant ces parties dans des conditions de milieu semblables à celles qu'elles avaient perdues, leur permît de manifester leurs propriétés de nutrition, si ces propriétés existaient encore en elles. La greffe animale a fourni ce procédé, dont l'application a fait le sujet des travaux énoncés sous les §§ 6 et 7.

La thèse en question contient une introduction et quatre chapitres.

Chapitre Ier. — De la méthode des transplantations animales. Développement des idées qui viennent d'être énoncées. — Application de la méthode à diverses questions de physiologie générale : transfusion du sang, régénération des nerfs, ostéogénie, développement des cancers, etc.

Chap. II. — Résistance vitale des éléments anatomiques ; — énumération des faits connus.

Chap. III. — Expériences personnelles.

L'animal mis en expérience a été le rat ; la partie greffée, l'extrémité de la queue préalablement écorchée ; le lieu de la greffe, le tissu cellulaire sous-cutané du dos.

La persistance des propriétés de nutrition a été reconnue par l'un des trois critériums suivants : accroissement de la partie greffée ; injection poussée par les vaisseaux de l'animal sujet et pénétrant dans ceux de la partie greffée ; altérations pathologiques des éléments et des tissus de celle-ci.

Ce dernier critérium a été surtout employé ; il a permis de reconnaître et de décrire des faits intéressants au point de vue pathologique sur la transformation fibreuse de la moelle des os, sur les altérations des os, des cartilages, des muscles, etc.

§ 1. Transplantation immédiate. — Études des modifications morphologiques et histologiques qui s'opèrent dans cette condition, soit qu'il y ait eu, soit qu'il n'y ait pas eu d'inflammation locale.

§ 2. Action prolongée de l'air confiné, influence de la température. — On a vu des parties séparées du corps continuer à vivre après sept heures et demie à la température de 30° ; après dix-sept heures, à celle de 20° ; après sept jours, à celle de 10° à 12°.

§ 3. Action prolongée de certains milieux gazeux ou liquides. — Je ne rappelle ici que les expériences faites avec les substances les plus intéressantes : l'oxygène se comporte comme l'air ; l'acide carbonique semble présenter une très-faible action toxique ; l'immersion dans l'eau devient mortelle au bout de quelques heures ; les solutions acides sont très-redoutables : par exemple, à 1 pour 100 les acides acétique ou phosphorique tuent, l'acide sulfurique rend malade, l'acide phénique ne fait rien ; à 1 pour 1000, l'acide chromique rend malade, l'acide sulfurique ne fait rien, l'eau saturée d'acide carbonique agit à peu près comme l'eau pure. Les solutions alcalines sont bien moins dangereuses ; 2 pour 100 de potasse, 6 pour 100 de carbonates ou de chlorures alcalins ne tuent pas ; 5 pour 100 d'urée, 10 pour 100 d'alcool, un tiers de glycérine, sont à peu près inoffensifs, mais 1 pour 100 de brome tue.

§ 4. Action de températures élevées, humides ; action de froids intenses. — La température de + 57°, la température de — 18°, sont insuffisantes pour détruire les propriétés de nutrition.

§ 5. Dessiccation dans le vide, en présence de l'acide sulfurique, avec ou sans l'action consécutive d'une chaleur voisine de 100 degrés. — Dix expériences ; conclusions : « Nous avons retrouvé les altérations pathologiques des parties greffées et leur communication vasculaire avec l'animal-sujet ; il paraît donc difficile de nier la puissance de la

vitalité dans les éléments du tissu conjonctif et de la moelle des os.....
La contre-épreuve, faite avec des parties semblables desséchées, mais
évidemment mortes, est favorable à l'opinion de la vitalité conservée;
cependant, en présence d'un fait qui paraîtra extraordinaire, nous
n'osons nous avancer jusqu'à une affirmation complète. » (P. 79-80.)

§ 6. Transplantation entre animaux appartenant à des espèces différentes. — De rat à surmulot, réussite presque constante. De mulot à
surmulot, réussite avec maladie. De surmulot à écureuil, suppuration.
Même résultat en augmentant l'intervalle zoologique. Concordance avec
les transfusions sanguines.

CHAP. V. — Résumé et conséquences des expériences précédentes.
— Application à la question de l'existence du principe vital organisateur
et directeur : « S'il fallait rapporter à un principe, à une essence,
l'évolution morphologique d'un être entier, convenons que ce principe
n'est pas un mais multiple, qu'il existe dans chaque élément figuré et
que, en ce sens, Kant a eu tort de dire que la raison de l'être vivant
réside dans son ensemble; elle réside, comme celle du corps brut,
dans chacune de ses parties. » (P. 93.)

8. *De la greffe animale.*

(Mémoire manuscrit auquel l'Académie des sciences a décerné le prix de Physiologie pour
l'année 1865.)

9. *Propagation de la sensibilité dans un membre greffé,*
en sens inverse de son cours normal.

(*Bulletin de la Société philomathique*, 1863 ; et *Bulletin de la Société de biologie*, 1863,

Les ébranlements nerveux peuvent-ils se propager seulement dans la
direction centrifuge par les nerfs de mouvement, et par les nerfs de
sensibilité dans la direction centripète?

Grâce à la méthode des transplantations animales, cette question a pu être résolue pour ce qui a rapport aux nerfs de sensibilité. En greffant un membre de telle sorte que sa position normale soit renversée et que son extrémité primitivement la plus voisine du corps en devienne la plus éloignée, on a vu, après le temps nécessaire pour les cicatrisations et les rédintégrations nerveuses, la sensibilité reparaître dans les parties greffées. Elle se propage donc alors dans une direction inverse de son cours normal, c'est-à-dire dans une direction qui était primitivement centrifuge.

10. *Reproduction des parties enlevées chez certains animaux.*

(*Bulletin de la Société philomathique, 1863.*)

Constatation de quelques faits nouveaux ou peu connus sur la reproduction des nageoires des poissons, des membres de crustacés et de larves d'insectes.

11. *Reproduction des parties enlevées chez les Annélides.*

(*Mémoires de la Société des sciences physiques et naturelles de Bordeaux, t. V, 1867, p. XXI.*)

M. de Quatrefages (*Histoire naturelle des Annélides*, t. I) n'a constaté qu'une seule fois ce phénomène. Dans cette note sont indiquées, dans une même espèce (*Diopatra gallica*), la reproduction de la tête et celle de la queue. Chez les annélides, comme chez les larves d'insectes et les crustacés, la reproduction des parties se fait suivant les lois du développement embryonnaire normal.

12. *Contributions à l'étude des venins.*

(*Bulletin de la Société philomathique, 1865 ; et Bulletin de la Société de biologie, 1865.*)

Application des méthodes d'analyse physiologique à l'étude de l'action élémentaire de certains venins.

A. *Venin de Scorpion.* — Est un poison du système nerveux et paraît agir spécialement, d'une part, sur l'extrémité périphérique des nerfs moteurs, comme le curare ; d'autre part, sur l'excito-motricité de la moelle, qu'il exalte, comme la strychnine. Ces expériences ont été faites avec du venin desséché.

B. *Venin d'abeille xylocope.* — Est acide, doit son acidité à un acide fixe et paraît contenir, en outre, une base organique.

Ce venin n'agit pas directement sur le système musculaire ni sur le système nerveux. Il parait être un poison du sang.

13. *Sur la mort des poissons de mer dans l'eau douce.*

1. *Mémoires de la Société des sciences physiques et naturelles de Bordeaux*, t. IV, 1er cahier, (suite), 1866.

2 *Ibid.* (en extrait), t. V, 1867.

La différence de densité des liquides joue un rôle important ; en ramenant avec du sucre la densité de l'eau douce à celle de l'eau de mer, on prolonge beaucoup la vie de certains poissons. Mais la densité n'est pas tout ; car, en ramenant avec de l'eau distillée la densité de l'eau de mer à celle de l'eau douce, les poissons y vivent beaucoup plus longtemps que dans cette dernière. Le chlorure de sodium ne joue pas seul un rôle dans ces phénomènes.

14. *Sur la locomotion chez plusieurs espèces animales.*

(*Mémoires de la Société des sciences physiques et naturelles de Bordeaux*, t. IV, 1er cahier (suite), p. 59-73, 1866.)

Observations et expériences sur le rhythme de la marche chez divers mammifères, sur l'ablation des rectrices ou des différentes rémiges chez les oiseaux, sur le rôle des sacs pulmonaires, sur le rôle des nageoires chez les poissons, sur le rhythme de la marche chez plusieurs

insectes, le rôle des différentes paires de pattes ou d'ailes, sur la locomotion des céphalopodes.

15. *Sur l'action élémentaire des anesthésiques (éther et chloroforme),
et sur la période d'excitation qui accompagne leur administration.*

(*Mémoires de la Société des sciences physiques et naturelles de Bordeaux*, t. IV, 1er cahier
(suite), p. 50-55, 1866.)

16. *Sur la prétendue période d'excitation de l'empoisonnement
des animaux par le chloroforme et l'éther.*

(*Comptes rendus de l'Académie des sciences*, t. LXIV, p. 622.)

La période d'agitation qui accompagne l'administration de ces substances ne tient pas à une surexcitation directe des centres nerveux,
mais à l'effet irritant sur les muqueuses faciales, chez les lapins, et
peut-être encore chez les animaux plus intelligents et chez l'homme,
à l'effet de sensations perverties.

L'analyse physiologique montre que, quand on les administre par le
poumon, les anesthésiques portent dans la moelle épinière leur action
seulement sur la réceptivité sensitive, en respectant l'excito-motricité.

17. *Note sur un signe certain de la mort prochaine chez les chiens
soumis à une hémorrhagie rapide.*

(*Mémoires de la Société des sciences physiques et naturelles de Bordeaux*, t. V, 1er cahier
(suite), p. 75-82, 1866.)

Analyse des divers phénomènes que présente un chien couché sur le
dos et soumis à une hémorrhagie artérielle rapide, dans le but d'en
trouver un qui satisfasse aux deux conditions suivantes : 1° l'animal qui

le présente est, vivant encore, condamné à une mort certaine; 2° la transfusion du sang enlevé rappelle à coup sûr l'animal à la vie. Les convulsions simultanées des quatre membres, qui arrivent dans presque tous les cas, répondent seules à ces conditions. Elles marquent donc une phase où l'on peut faire la transfusion avec du sang de provenances diverses ou soumis à des actions modificatrices diverses avec la certitude, si l'on ramène l'animal à la vie, que cet effet est dû à la transfusion elle-même, et sinon, que l'échec est dû à la nature du sang où à l'action des agents modificateurs (chaleur, froid, hydratation, déshydratation, gaz divers, etc.). Cette remarque a été le point de départ d'une série de recherches qui se relient à la question de la greffe animale, mais dont les résultats encore insuffisants n'ont pas été publiés.

18. *Note sur quelques points de la physiologie de la Lamproie* (Petromyzon marinus, Linné).

19. *Recherches sur les mouvements de la Sensitive.* (Mimosa pudica, Linné.)

(*Mémoires de la Société des sciences physiques et naturelles de Bordeaux*, t. IV, 1er cahier (suite), p. 11-47, avec 5 fig. intercalées, 1866. — *Journal de Robin*, 1867. — Extrait dans les *Comptes rendus de l'Académie des sciences*, 1867.)

Ces recherches expérimentales, entreprises principalement dans le but de comparer les propriétés élémentaires auxquelles la sensitive doit son impressionnabilité et sa motilité avec celles des éléments nerveux et musculaires des animaux, peuvent être résumées ainsi :

1° Les pétioles primaires de la sensitive, après s'être abaissés dans les premières heures de la nuit, se relèvent avant le jour bien au-dessus du niveau qu'ils conserveront pendant la période diurne : celle-ci étant, contrairement à ce qu'on enseigne d'ordinaire, caractérisée plutôt par l'abaissement que par l'élévation des pétioles primaires.

2° Les renflements moteurs situés à la base des pétioles et des folioles peuvent être considérés comme composés de ressorts faisant effort pour pousser la partie qu'ils meuvent du côté opposé à celui qu'ils occupent (Lindsay, Dutrochet). Dans les pétioles primaires, la valeur du ressort supérieur est à celle du ressort inférieur, dans l'état diurne, environ comme 1 à 3.

3° Le mouvement provoqué a lieu par suite d'une perte d'énergie du ressort inférieur, celle du ressort antagoniste n'étant nullement augmentée, et peut-être même un peu diminuée.

4° Il n'existe aucun tissu contractile comparable au tissu musculaire et déterminant le mouvement provoqué.

5° Les mouvements nocturnes ont lieu par suite d'une augmentation de tension des renflements moteurs. Dans les pétioles primaires, le ressort supérieur augmente d'énergie pendant la nuit ; le ressort inférieur, après avoir un peu diminué, augmente aussi consécutivement : de la puissance réciproque de ces ressorts dépend la position du pétiole aux divers instants de la nuit.

6° Les mouvements rapides provoqués par une excitation et les mouvements lents, spontanés, qui constituent l'oscillation quotidienne, sont donc des phénomènes d'ordre tout à fait différent. L'éther les sépare les uns des autres, abolissant les mouvements provoquables, respectant les mouvements spontanés.

7° Ceux-ci reconnaissant pour phénomène antérieur une modification dans l'afflux du liquide que contient le parenchyme des renflements. Les autres n'ont pu être encore rapportés à une cause prochaine.

8° La sensitive se rapproche des êtres animés par la présence d'éléments qui transmettent les excitations et déterminent les mouvements (transmissibilité, excitatricité motrice), et par ce fait que l'excitabilité n'appartient chez elle qu'aux éléments doués de motricité ou de transmissibilité.

9° Elle s'en éloigne par l'absence d'éléments contractiles et par les rapports anatomiques et fonctionnels directs qu'affectent ses éléments excitables, transmetteurs et excitateurs, avec ses éléments moteurs. •

M. Bert, disposant maintenant d'appareils enregistreurs, a pu recueillir des tracés qui expriment les différentes phases des mouvements d'abaissement et de relèvement du pétiole. L'exemple suivant (1) qui représente trois abaissements successifs de la même feuille, et, d'une manière complète le premier relèvement, traduit nettement les détails de ces divers phénomènes.

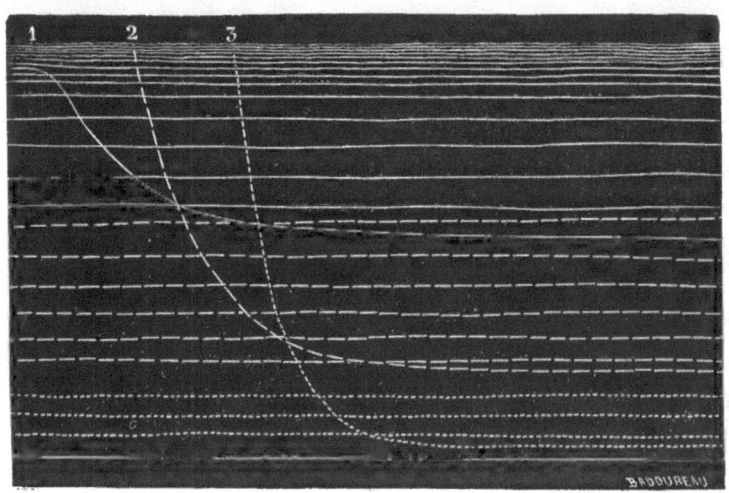

Fig. 1.

20. *Mémoire sur la physiologie de la Sèche* (Sepia officinalis, Linn.).

(*Mémoires de la Société des sciences physiques et naturelles de Bordeaux,* t. V, p. 115-139, 1867. — Publié en extrait dans les *Comptes rendus de l'Académie des sciences,* 1867.)

Nos connaissances sont maintenant assez avancées en ce qui concerne

(1) Tous les tracés se lisent de gauche à droite.

l'anatomie des Mollusques, et notamment des Céphalopodes, mais leur physiologie, à l'exception des faits qui se déduisent de l'inspection anatomique des parties, nous est complétement inconnue. Je me suis proposé de remplir cette lacune, et de n'abandonner le sujet que lorsque la physiologie de la sèche, que j'ai prise pour exemple, serait aussi bien connue que celle de la grenouille. Les mémoires dont je vais donner ici le résumé contiennent les résultats d'une première campagne faite dans ce but au bord de la mer.

Digestion. — Les deux bras dits à tort *tentaculaires*, que la sèche porte toujours enroulés dans des poches, sur les côtés de la tête, servent la préhension de la proie et ne se déroulent qu'à ce moment.

Les glandes salivaires produisent un liquide acide. Le premier estomac est un simple gésier à parois épaisses, qui ne sécrète aucun liquide, et dans lequel cependant se fait la digestion, grâce aux sucs acides qu'y versent et les glandes salivaires et le cæcum spiral. Les aliments ne s'engagent jamais dans celui-ci, qui n'est donc qu'un réservoir sécréteur.

Le tissu du foie est fortement acide, sur le vivant même; cette acidité est due à une substance soluble dans l'eau. Il contient, en outre, beaucoup de sucre.

L'intestin, d'un bout à l'autre, présente une réaction acide.

Circulation. — Les veines caves, les veines efférentes branchiales, et, bien entendu, les cœurs veineux et artériels avec leurs oreillettes, sont spontanément contractiles et peuvent être excités; les artères aortiques et branchiales ne sont contractiles ni spontanément ni à l'excitation. Les mouvements vermiculaires des veines caves et branchiales sont aidés par l'action de la peau qui les recouvre.

Les deux cœurs veineux battent ensemble, environ quarante fois par minute; le cœur aortique bat dans les intervalles.

La communication entre les artères et les veines se fait, dans la peau, dans les membranes de l'os et jusque sur les parois des grands sinus vasculaires, par un réseau capillaire dont les ramifications ultimes ont environ 0^{mm},015 de diamètre.

Sang. — Le sang est blanc, légèrement bleuâtre, surtout dans les veines branchiales ; au contact de l'air, il prend une belle teinte bleu de ciel. Ce changement de couleur est dû au sérum, qui est donc, au contraire de ce qui se passe chez les vertébrés, le siége de l'absorption oxygénée respiratoire. Ce sang donne spontanément un très-petit caillot plus lourd que le sérum ; il se coagule en masse par la chaleur ou les acides. Après la coagulation par l'ébullition, il conserve sa teinte bleue, lorsqu'il a été au préalable exposé à l'air. Sa densité est environ 1010 ; il contient : eau, 891 ; matières solides, 109, dans lesquelles : fibrine et globules, 3 à 4 ; albumine, 31. On n'y trouve pas de plasmine.

Urine. — Chez tous les animaux, j'ai rencontré dans les sacs urinaires des agglomérations de cristaux donnant le murexide par les réactifs ordinaires. L'urine filtrée est acide ; l'ébullition y détermine un léger trouble. Je n'ai pu y trouver d'urée.

Liquides de l'œil. — Le liquide de la chambre antérieure est filant comme du blanc d'œuf ; cependant il ne se trouble ni par la chaleur, ni par les acides : il laisse 41 pour 1000 de matières solides, qui ne sont presque que des sels.

L'humeur vitrée n'est point filante ; elle ne contient pas non plus de matières coagulables, elle laisse 37 pour 1000 de matières solides semblables à celles du liquide de la chambre antérieure.

Gaz de l'os. — L'os frais contient des gaz qui, recueillis sous l'eau, ne m'ont donné que des traces d'acide carbonique ; le phosphore y absorbe 2 à 3 pour 100 d'oxygène : le reste est de l'azote.

BERT.   3

Articulation du sac locomoteur et de l'entonnoir. — L'adhérence des boutons cartilagineux du sac avec les boutonnières de l'entonnoir est due exclusivement à la pression atmosphérique; une piqûre d'épingle suffit à la détruire. De petites fibres musculaires font le même effet, en abaissant énergiquement la petite saillie du sac.

Ventouses. — Chaque ventouse possède deux muscles : un longitudinal, qui aspire; un circulaire et marginal, qui fait détacher la cupule.

Contractilité. — Les muscles de la peau extérieure et intérieure au sac, ceux des chromatophores, les muscles des bras, de l'entonnoir, des branchies, de la poche du noir, du pénis, du sac locomoteur, se contractent à la façon des muscles striés des vertébrés. Au contraire, les muscles du tube digestif, des glandes rénales, de la glande dite *pancréatique*, présentent des contractions qui ne suivent pas immédiatement l'excitation, et persistent avec propagation vermiculaire.

Les muscles du sac locomoteur ne changent pas de volume pendant la contraction.

Innervation. — Des courants électriques qui sont incapables d'agir directement sur un muscle le font contracter énergiquement quand ils sont portés sur son nerf.

Les nerfs issus des ganglions sous-œsophagiens et palléaux paraissent tout à la fois sensitifs et moteurs. La motricité nerveuse, sur l'animal qui se meurt, se perd du centre à la périphérie.

Les nerfs qui longent la grande veine pour se rendre au cœur artériel et aux cœurs branchiaux arrêtent en diastole ces organes pendant une forte excitation galvanique.

Le ganglion sus-œsophagien est insensible, et son excitation ne produit aucun mouvement. Son ablation totale ne trouble en rien ni les mouvements respiratoires, ni les mouvements de locomotion; l'animal reste sensible, se meut quand on l'excite et défend même avec ses bras l'endroit lésé. Mais il a évidemment perdu toute spontanéité et ne manifeste plus nulle intelligence.

La partie antérieure du ganglion sous-œsophagien (ganglion en patte d'oie) est le centre principal de l'accommodation des mouvements des bras à des usages d'ensemble. Les petits ganglions situés à la base de chaque bras et reliés par un nerf circulaire sont aussi les centres d'actions réflexes d'un bras sur un autre ; enfin, les nerfs de chaque bras, qui contiennent des cellules nerveuses, sont le lieu d'actions réflexes bornées à ce bras.

Le ganglion sous-œsophagien est sensible et excitable ; sa partie postérieure est le centre des mouvements respiratoires ; elle enlevée, ces mouvements s'arrêtent aussitôt. L'excitation d'un des nerfs palléaux a pour conséquence, grâce à l'action réflexe sur cette moitié du ganglion, un mouvement dans la branchie, la nageoire et le muscle du sac du côté opposé.

Je n'ai jamais pu obtenir d'actions réflexes dans les gros ganglions étoilés ; mais ils jouent le rôle de centres de renforcement. Un courant électrique très-faible, qui ne donne aucune contraction quand on le porte sur le nerf palléal, fait agir le manteau quand on le porte sur le ganglion étoilé. Lorsque l'animal est mort, on peut obtenir des mouvements en excitant le ganglion étoilé bien après que le nerf palléal est devenu inexcitable.

Mort. — Dans la mort par simple exposition à l'air, l'action volontaire disparaît la première ; les fonctions réflexes des centres ne durent guère qu'un quart d'heure ; puis disparaît en une demi-heure la motricité nerveuse, du centre à la périphérie, comme il a été dit, avec conservation, pendant quelques minutes, dans les ganglions étoilés. Les cœurs battent pendant deux heures environ ; enfin la contractilité dure de trois à quatre heures, se perdant d'abord aux viscères, et en dernier lieu à la peau. Les cellules chromatophores se meuvent pendant une vingtaine d'heures (température de 20 à 24 degrés).

La *phosphorescence* ne survient que de trente-six à quarante-huit heures après la mort, à moins d'orage ; elle n'a lieu que pour la peau, les muscles, les cartilages, la sclérotique, tandis que la peau qui recouvre les viscères, les centres nerveux, les branchies, le foie, le testicule, l'in-. testin, le cristallin, exposés à l'air, ne deviennent jamais phosphorescents.

Mort par la chaleur. — Les sèches naissantes périssent par l'immersion durant deux minutes dans l'eau de 38 à 39 degrés. Elles sont encore contractiles, et leurs chromatophores sont très-excitables. Sur une sèche adulte, il est facile de voir que la chaleur abolit successivement l'action des centres nerveux, les battements du cœur, la motricité nerveuse, puis la contractilité musculaire. Le muscle prend alors une réaction acide. Le sang bleuit encore à l'air.

Mort par l'eau douce. — Immergée dans l'eau douce, une sèche s'agite violemment et meurt en dix minutes environ. Les chromatophores sont paralysés en diastole, les muscles de la peau immobilisés, les cœurs branchiaux arrêtés ; mais les muscles du sac et leurs nerfs sont à peu près intacts.

Poisons. — La strychnine et le curare agissent sur les sèches de la même manière que sur les vertébrés. Seulement il faut, pour les tuer, une dose énorme de curare, tandis qu'elles sont extrêmement sensibles à l'action de la strychnine.

21. *Résistance à l'asphyxie des animaux à sang chaud nouveau-nés.*
(*Bulletin de la Société philomathique*, 1864.)

Cette résistance n'est pas due, comme on l'enseigne partout, à la persistance des voies circulatoires fœtales; en effet: 1° on observe, chez les rats âgés de quelques jours, un moment où ces voies sont oblitérées, et où les jeunes animaux résistent encore longtemps à l'asphyxie; 2° chez un canard qui vient d'éclore, ces voies sont encore perméables, et cependant la mort par asphyxie survient beaucoup plus vite (1ᵐ 1/2) que chez les adultes (10 à 15 minutes).

22. *Résistance à l'asphyxie par submersion de diverses espèces d'animaux à sang chaud.*

(*Bulletin de la Société philomathique*, 1864.)

Énumération d'expériences faites sur une trentaine d'espèces. Parmi les oiseaux, les canards se placent au premier rang pour la résistance (10 à 15ᵐ), puis les râles (4ᵐ), et ensuite, les grèbes (2 à 3ᵐ) qui paraissent, cependant, si bien organisés pour l'acte du plonger.

23. *Des Mammifères plongés dans l'eau attirent-ils le liquide par aspiration dans leurs poumons?*

(*Bulletin de la Société philomathique*, 1864.)

Preuves multiples que l'eau pénètre dans les poumons. Réfutation des idées de Beau sur l'influence des nerfs de la cinquième paire; division de la submersion en trois périodes: l'une pendant laquelle l'animal, ayant conscience de sa situation, cesse *volontairement* tout mouvement respiratoire; la seconde, pendant laquelle, la volonté ayant disparu, surviennent des mouvements respiratoires inconscients, qui amènent l'eau dans les poumons; la troisième, pendant laquelle tout mouvement respiratoire a cessé, le cœur battant encore. L'eau introduite dans les poumons s'y absorbe avec une rapidité extraordinaire. Dans le traitement des noyés il convient d'insister plus qu'on ne le fait depuis l'introduction dans la pratique de la respiration artificielle, sur les procédés (frictions, réchauffement), qui activent la circulation et hâtent l'absorption de l'eau entrée dans le poumon.

24. *Différences présentées par l'asphyxie dans l'acide carbonique et dans l'azote, par des mammifères nouveau-nés.*

(*Bulletin de la Société philomathique,* 1864.)

Dans l'azote et l'hydrogène, la mort est beaucoup plus lente à survenir que dans l'acide carbonique ; ce dernier gaz possède donc une véritable action toxique, fait très-important pour la théorie de la respiration et de l'asphyxie.

25. *Asphyxie dans une atmosphère confinée des vertébrés à respiration aérienne.*

(*Bulletin de la Société philomathique,* 1859.)

1° Air atmosphérique. — Les oiseaux laissent dans l'air où ils ont succombé de 2 à 5 p. 100 d'oxygène ; les mammifères et surtout les rongeurs en laissent moins encore (dans un cas, présenté par un rat, seulement 0,25 p. 100). Les reptiles, en été, épuisent beaucoup moins l'oxygène de l'atmosphère.

2° Atmosphère suroxygénée. — Les animaux à sang chaud y meurent après avoir formé de 25 à 40 p. 100 d'acide carbonique. Les reptiles, quand ils en ont formé de 15 à 18 p. 100 seulement.

Les reptiles redoutent donc beaucoup plus l'acide carbonique que les animaux à sang chaud. Remarques paléontologiques à ce sujet.

26. *Respiration cutanée des batraciens dans l'eau.*
(*Bulletin de la Société philomathique*, 1864.)

Démonstration directe de la consommation de l'oxygène de l'air dissous dans l'eau, par des grenouilles qui y ont été immergées.

27. *Sur la respiration des jeunes hippocampes dans l'œuf.*
(*Mémoires de la Société des sciences physiques et naturelles de Bordeaux*, t. V, 1867.)

Les œufs, au nombre de 300 environ, sont renfermés dans une poche qui ne présente qu'une très-petite ouverture. Ils sont serrés les uns contre les autres, et enveloppés chacun par une alvéole très-vasculaire. Ils respirent là, très-probablement, aux dépens du sang paternel (c'est, en effet, le père qui est ainsi en état d'incubation).

28. *Sur les appendices dorsaux des* Eolis.
(*Mémoires de la Société des sciences physiques et naturelles de Bordeaux*, t. V, 1867.)

Les glandules qui y sont contenues contiennent de la matière glycogénique, et sont, par conséquent, assimilables à un foie.

29. *Sur l'Amphioxus* (Amphioxus lanceolatus).
(*Comptes rendus de l'Académie des sciences*, 1867.)

Partie physiologique. — Observations et expériences sur le rôle de l'extrémité céphalique du système nerveux, sur la résistance vitale, sur l'action de divers poisons, sur celle de l'eau douce, etc.

C'est un fait très-remarquable que l'eau douce ayant complétement

aboli la contractilité musculaire, celle-ci reparaît après une immersion de quelques heures dans l'eau de mer.

30. *Sur la mort des animaux à sang froid par l'action de la chaleur.*

(Extrait *in Mémoires de la Société des sciences physiques et naturelles de Bordeaux*, t. V, 1867.)

Ils meurent tous par les centres nerveux (grenouilles, sèches,
crabes). Il faut une plus haute température pour tuer le nerf moteur ;
une plus élevée encore pour supprimer la contractilité musculaire.

Contrairement à ce qui est enseigné en Allemagne, la contractilité peut
reparaître dans des muscles de grenouille roidis par la chaleur, sous la
seule action de la circulation sanguine.

**31. *Sur le développement des œufs de grenouille à l'air libre,
sans eau.***

(*Bulletin de la Société de biologie*, 1868.)

A l'air libre, les œufs de grenouille se développent beaucoup plus
vite que s'ils sont immergés.

**32. *Sur la respiration des différents tissus d'un même animal,
ou d'un même tissu d'animaux différents.***

(*Bulletin de la Société de biologie*, 1868.)

1° Les différents tissus d'un même animal, exposés à l'air ou plon-
gés dans du sang artériel et placés dans des conditions identiques,
n'absorbent pas des quantités égales d'oxygène ; ils se placent dans la
série décroissante suivante : muscles, centres nerveux, rate, testicules,
os.

2° Les mêmes tissus provenant d'animaux différents ne consomment pas des quantités égales d'oxygène. Le muscle d'un animal à sang chaud en consomme plus que celui d'un animal à sang froid ; celui d'un animal adulte plus que celui d'un nouveau-né, etc.

3° Il n'y a aucun rapport constant entre la quantité d'oxygène consommée et celle d'acide carbonique exhalé dans l'atmosphère.

La connaissance de ces faits rendra des services pour l'établissement de la théorie de la respiration ; elle éloigne déjà l'idée de combustions simples. Elle servira aussi à expliquer certaines différences dans la résistance à l'asphyxie de quelques animaux.

33. *Sur la richesse oxygénée du sang artériel d'un même animal soumis à des conditions différentes, et du sang d'animaux différents soumis à des conditions identiques.*

(*Bulletin de la Société de biologie*, 1868.)

1° Le sang artériel d'un animal à jeun est plus riche en oxygène que celui d'un animal en digestion.

2° La richesse oxygénée du sang augmente avec la pression extérieure de l'oxygène ; la combinaison de l'oxygène et de l'hématocristalline n'échappe pas entièrement à la loi de Dalton : un voyageur qui s'élève sur le flanc d'une montagne perd donc une certaine quantité de l'oxygène de son sang.

3° Le sang d'un animal endormi par le chloroforme est plus oxygéné au début du sommeil qu'il ne l'était avant l'action du poison.

4° Le sang d'un chien contient plus d'oxygène que celui d'un lapin ; celui d'un poulet, plus encore.

34. *Ablation des branchies et des poumons chez un axolotl.*

(*Bulletin de la Société de biologie*, 1868.)

La respiration cutanée aquatique suffit pour entretenir la vie de ces animaux pendant les saisons d'hiver et de printemps : en été, non.

35. *Sur l'hibernation artificielle des lérots, obtenue par la privation d'oxygène.*

(*Bulletin de la Société de biologie*, 1868.)

Dans une atmosphère confinée, des lérots éveillés s'asphyxient sans passer par la phase d'hibernation. Mais il en est autrement lorsqu'on absorbe l'acide carbonique qu'ils produisent au fur et à mesure de son exhalation.

36. *Sur l'élévation des côtes inférieures par la contraction du diaphragme.*

(*Bulletin de la Société de biologie*, 1868.)

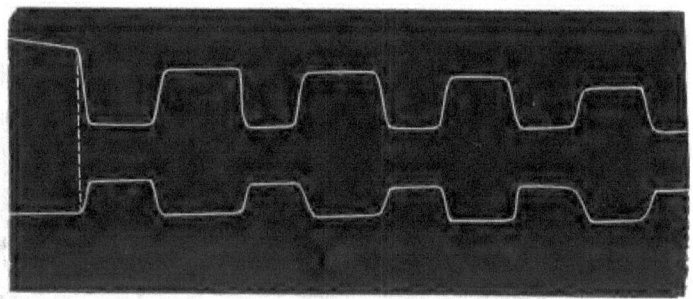

Fig. 2 (1).

1er tracé : mouvements des côtes inférieures. — 2e tracé : mouvements des côtes supérieures.

(1) J'ai cru devoir suivre l'exemple du docteur Marey en introduisant, dans cet exposé de titres, des figures qui évitent de longues et souvent peu intelligibles explications, et qui constituent à elles seules la preuve des faits avancés.

Démonstration par la méthode graphique d'une proposition contestée par beaucoup de physiologistes. Les tracés obtenus au moyen des appareils enregistreurs montrent que, sur un chien récemment tué, l'excitation des nerfs phréniques élève les côtes inférieures par la contraction du diaphragme, et, en même temps, abaisse la 4ᵉ et la 5ᵉ côtes.

L'élévation des côtes est due à la résistance des viscères abdominaux ; le ventre étant ouvert, on obtient, à chaque contraction, un tracé qui indique un abaissement.

37. *Sur la diminution de pression qui se fait dans les poumons pendant l'inspiration, et sur la compression pendant l'expiration.*

(*Bulletin de la Société de biologie*, 1868.)

Un animal étant placé sous une cloche tubulée, et disposée de manière que les changements de volume de l'air intérieur puissent s'inscrire sur le cylindre enregistreur, on voit qu'à chaque inspiration le volume de l'air augmente, qu'à chaque expiration il diminue. Cela ne peut s'expliquer qu'en admettant que l'orifice de la glotte ne débite pas assez d'air pour satisfaire à l'appel inspiratoire et à l'expulsion expiratoire. Il se fait donc, pendant la respiration ordinaire, de véritables modifications dans la pression intra-pulmonaire. Le tracé (fig.3) montre que ces modifications s'exagèrent par les efforts. Conséquences pathogéniques.

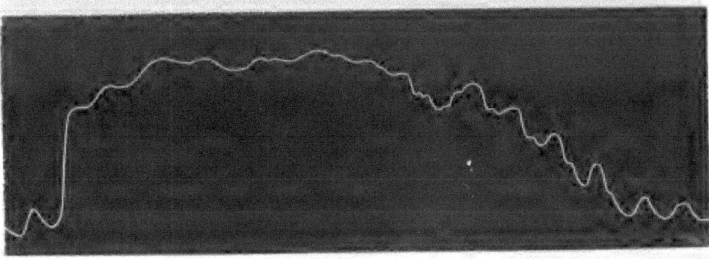

FIG. 3.

38. *Rapport de la taille des animaux avec le nombre de leurs mouvements respiratoires.*

(*Bulletin de la Société de biologie*, 1868.)

On enseigne partout que le nombre des mouvements respiratoires est en raison inverse de la taille des animaux. Or, cela n'est vrai que dans un même groupe naturel (chats, cerfs, etc.) Mais pour les animaux de groupes différents, il n'y a nul rapport entre la taille et la respiration. Ainsi, à taille égale, les mammifères herbivores respirent plus fréquemment que les carnivores, les oiseaux beaucoup moins fréquemment que les mammifères. Le minimum du nombre des mouvements respiratoires (2 à 3 par minute), a été présenté par le casoar de la Nouvelle-Hollande.

39. *Sur les mouvements respiratoires des vertébrés ovipares (poissons, batraciens, reptiles, oiseaux), étudiés particulièrement à l'aide de l'enregistreur Marey* (1).

(*Bulletin de la Société de biologie*, 1868.)

Ce travail contient la première application de la méthode graphique à l'étude des mouvements respiratoires des vertébrés inférieurs.

A. — *Poissons osseux.*

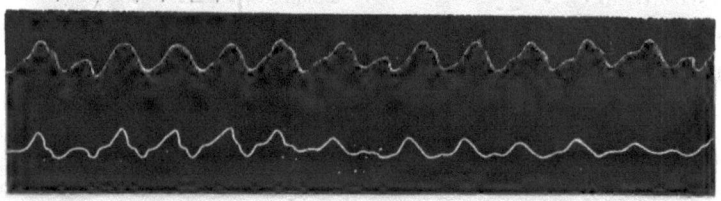

FIG. 4.

1er tracé : mouvements de la bouche. — 2e tracé : mouvements de l'hyoïde.

(1) Ces tracés ont été obtenus tantôt en coiffant la tête des animaux avec de petites muselières à fermeture hermétique, tantôt en recueillant les mouvements extérieurs à l'aide d'appareils dont la disposition a dû varier pour chaque animal (ampoules de caoutchouc, ceintures élastiques, tambours à soufflet, etc.). L'abaissement de la ligne marque l'inspiration.

Tracés (fig. 4) montrant que les mouvements de la bouche et de l'appareil hyoïdien sont simultanés, de sorte que le double mouvement de déglutition qu'on décrit d'ordinaire chez les poissons n'existe pas.

B. — *Grenouilles.*

Démonstration définitive de ce fait encore contesté, que les grenouilles ne respirent que par déglutition.

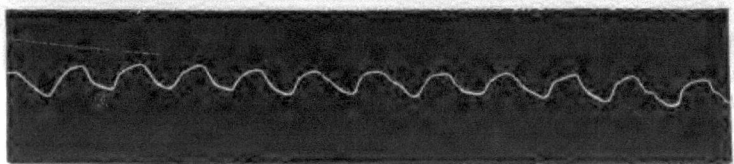

F.G. 5.

Tracé (fig. 5) montrant les mouvements de la respiration normale, et les phases d'entrée et de sortie de l'air par les narines qui, contrairement à ce qu'on enseigne, ne sont jamais fermées.

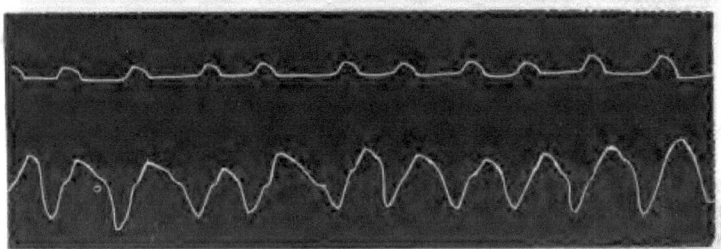

Fig. 6.

1ᵉʳ tracé : air des narines. — 2ᵉ tracé : air du poumon.

Tracés (fig. 6) indiquant les mouvements de l'air dans la gorge et dans le poumon ; on voit que l'expiration pulmonaire, dont les auteurs n'ont pas indiqué le moment, coïncide avec le début de l'expiration nasale.

erpents. — (Fig. 7.) Respiration normale.

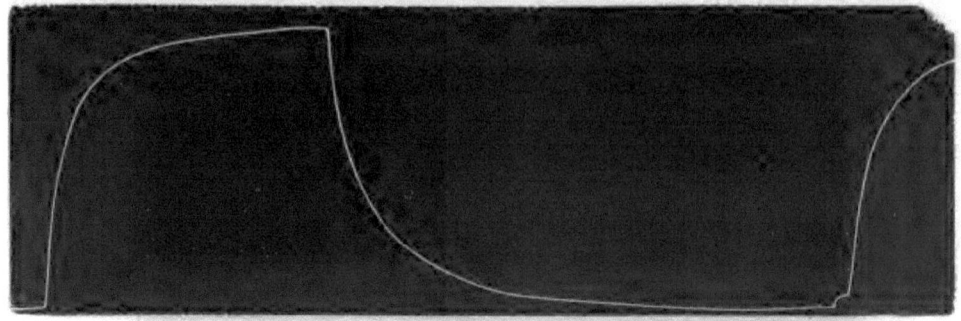

FIG. 7.

Tortues.—(Fig. 8.) Phases singulières du mouvement respiratoire ; repos en demi-expiration, qui se prolonge quelquefois une minute.

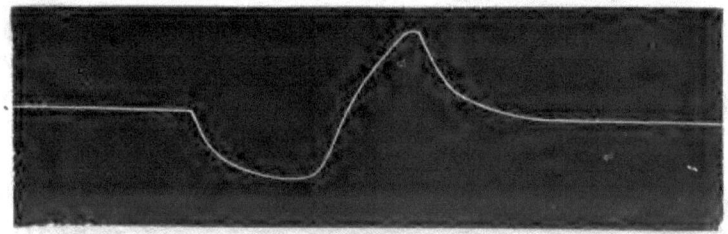

FIG. 8.

Tracé (fig. 9) obtenu en plaçant un tube dans la trachée, ce qui prouve

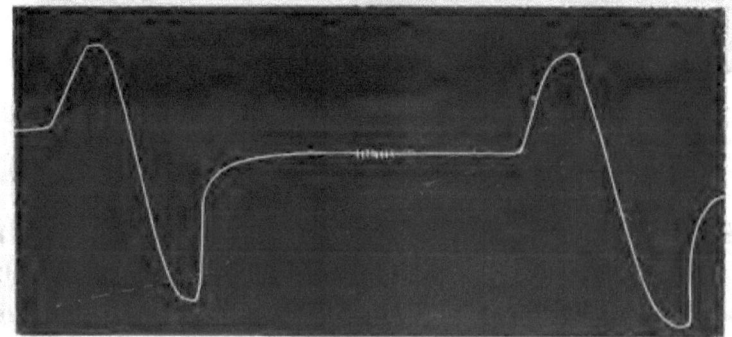

FIG. 9.

avec toute évidence que les Tortues ne déglutissent pas l'air, mais l'aspirent comme les vertébrés supérieurs.

Démonstration certaine, par la méthode graphique de ce fait que les mouvements respiratoires sont indépendants des mouvements des muscles, bien que ceux-ci puissent augmenter la force de ceux-là.

Détermination des muscles inspirateurs ; tracé obtenu (fig. 10) en les galvanisant. ·

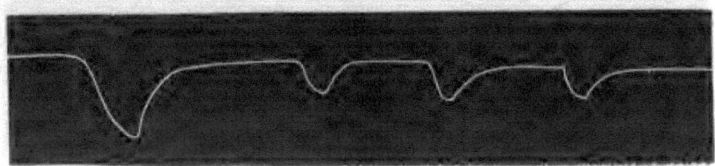

FIG. 10.

Lézards. — Tracé (fig. 11) ressemblant à celui des tortues.

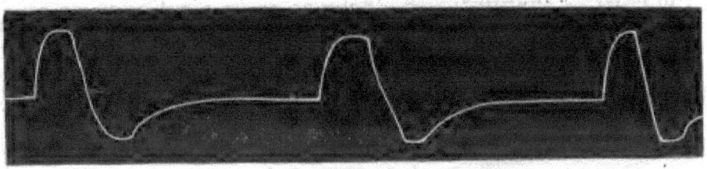

FIG. 11.

Crocodiles. — (Fig. 12.) Temps d'arrêt en inspiration se prolongeant parfois pendant plusieurs minutes.

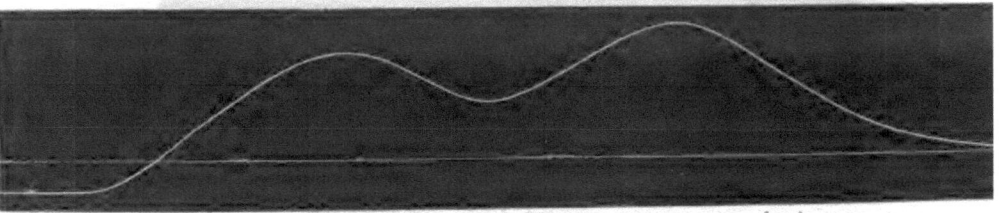

FIG. 12.

Oiseaux. — Tracés (fig. 13) montrant la simultanéité d'ampliation du thorax dans deux sens antéro-postérieur et transversal; cette dernière avait été négligée par les auteurs.

. Fig. 13.

1ᵉʳ tracé : mouvements thoraciques transversaux. — 2ᵉ tracé : mouvements antéro-postérieurs.

On voit, entre autres détails, qu'il n'existe pas chez les oiseaux, pas plus que chez les mammifères, de pause en inspiration ni en expiration.

Tracés (fig. 14) montrant l'antagonisme du jeu du thorax et celui des réservoirs aériens extra-thoraciques; ils sont obtenus en enregistrant les mouvements de l'air qui entre à la fois par la trachée et l'humérus ouverts.

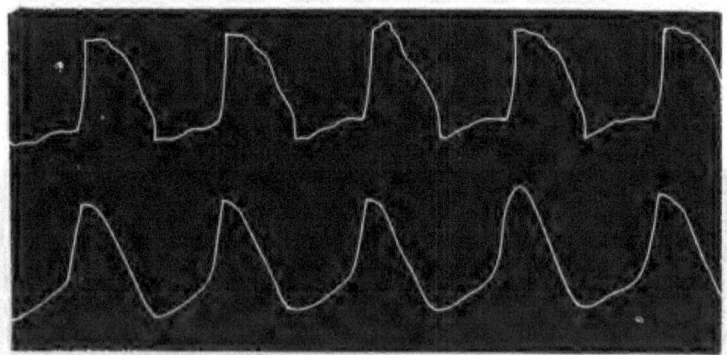

Fig. 14.

1ᵉʳ tracé : humérus. — 2ᵉ tracé : trachée.

40. *De la prétendue influence de la taille sur l'intensité des phénomènes respiratoires.*

(*Bulletin de la Société de biologie*, 1868.)

On sait que, dans un temps donné, un petit animal consomme, par rapport à son poids, plus d'oxygène qu'un gros (Letellier, Regnault et Reiset). On a attribué cette différence à la différence de taille elle-même, qui expose les petits animaux dont la surface est plus grande par rapport au volume, à une plus grande déperdition de calorique. Les expériences indiquées dans le présent travail montrent que cette différence persiste lors même que les animaux sont enfermés dans une enceinte chauffée à une température égale à celle de leur corps. Il y a donc à ce phénomène une raison véritablement physiologique, qui a trait aux propriétés des tissus vivants.

41. *Sur la raison par laquelle certains poissons vivent plus longtemps à l'air que certains autres.*

(*Bulletin de la Société de biologie*, 1868.)

Expériences montrant qu'il ne suffit pas, pour expliquer ces faits, d'invoquer, ainsi qu'on le fait toujours, des raisons purement anatomiques comme la largeur différente de l'ouverture operculaire, etc.; par exemple, l'ablation des opercules ne modifie pas la durée de la vie, dans le sens qu'indiquerait la théorie généralement admise. L'étude des différences entre les propriétés de tissus des divers poissons permet seule de résoudre la question. Les tissus de ceux qui résistent à cette sorte d'asphyxie dans l'air conservent très-longtemps leurs propriétés vitales.

42. *Sur l'élasticité et la contractilité pulmonaires.*

(*Bulletin de la Société de biologie*, 1868.)

I. Tracés (fig. 15) obtenus avec l'appareil enregistreur, montrant les effets de l'élasticité pulmonaire et de l'élasticité des côtes quand on ouvre le thorax d'un mammifère après sa mort.

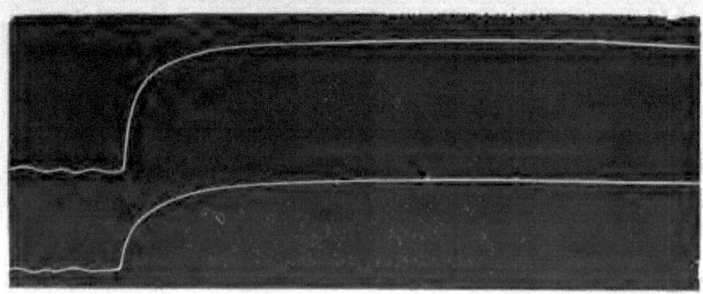

Fig. 15.

1er tracé : air sortant des poumons. — 2e tracé : élévation des côtes.

II. Tracés montrant que, contrairement aux opinions professées par beaucoup de physiologistes allemands, le tissu du poumon est contractile, et que cette contractilité est sous la dépendance des nerfs pneumogastriques ; les idées de Ch. Williams et de Longet, très-discutées dans ces derniers temps, étaient donc parfaitement exactes. Le tracé que je donne en exemple, obtenu chez un chien par la galvanisation d'un pneumogastrique, est tout à fait concluant.

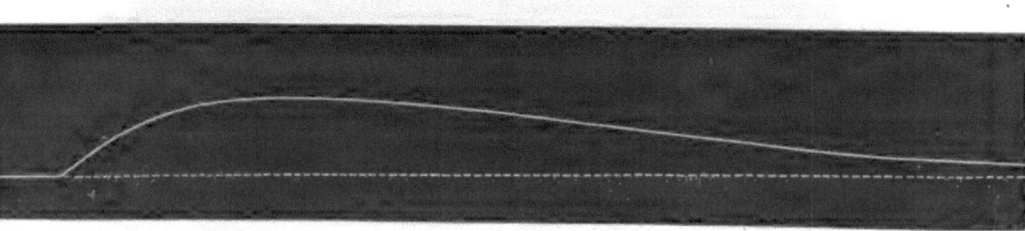

Fig. 16.

De semblables tracés ont été obtenus chez les reptiles par la galvanisation, soit du tissu pulmonaire, soit du nerf pneumogastrique.

43. *L'arrachement du pneumogastrique dans le crâne n'arrête pas la respiration.*

(*Bulletin de la Société de biologie*, 1868.)

On avait dit le contraire. Pour obtenir des résultats bien nets, il est nécessaire d'employer des animaux nouveau-nés.

44. *Sur la mort consécutive aux excitations fortes du nerf pneumogastrique ou du nerf laryngé supérieur.*

(*Bulletin de la Société de biologie*, 1868.)

Cette mort rapide, sans convulsions, qu'on obtient assez aisément chez certains oiseaux et même chez les mammifères affaiblis (tube dans la trachée, galvanisation d'un nerf pneumogastrique ou serrement du larynx), n'est pas due à l'asphyxie, car chez les canards, qui résistent de dix à douze minutes à lastrangulation, la perte de tout mouvement réflexe arrive en une ou deux minutes au plus. Il y a là une action centripète influençant directement et épuisant les centres nerveux.

Ces résultats s'obtiennent beaucoup plus facilement après la section des nerfs pneumogastriques; cette section donne, du reste, une énergie plus grande à la plupart des causes de mort; le chloroforme, le curare, etc., tuent à plus faible dose les animaux dont les deux nerfs vagues viennent d'être coupés.

45. *Sur la résistance à l'asphyxie que présentent divers animaux.*

(*Bulletin de la Société de biologie*, 1868.)

1° Pour certains mammifères et oiseaux nouveau-nés, pour les reptiles, pour certains poissons (41), la résistance s'explique par la persistance des propriétés vitales de leurs éléments anatomiques (nervosité, contractilité, etc.), par la faible consommation d'oxygène de leurs tissus (32), et par suite, probablement, par la composition chimique de ces tissus.

2° Pour certains animaux adultes plongeurs, comme le canard comparé au poulet (22), la persistance des propriétés vitales, la consommation oxygénée, la capacité des réservoirs aériens, étant à peu près égales, la résistance s'explique surtout par la plus grande quantité de sang (chez le canard, de un tiers en sus au double); si l'on enlève à un canard la moitié de son sang, ce qui ne paraît guère l'affaiblir, on le noie en cinq minutes.

Cette grande quantité de sang existe chez tous les plongeurs (phoque, cétacés, etc.). Les dispositions anatomiques sur lesquelles on a beaucoup insisté ne semblent jouer qu'un rôle de perfectionnement, et l'expérimentation n'a rien donné sur leur valeur.

46. Sur l'innervation du diaphragme chez le chien.

(*Bulletin de la Société de biologie*, 1868.)

Chacun des deux nerfs phréniques anime une des deux moitiés du diaphragme, exclusivement.

Chacune des deux branches d'origine d'un phrénique fait contracter une moitié tout entière du diaphragme ; cependant la branche supérieure se distribue surtout aux fibres costales, la branche inférieure surtout aux piliers.

47. Effets de la section et de la galvanisation des nerfs pneumogastriques chez les oiseaux.

(*Bulletin de la Société de biologie*, 1868.)

48. *Action de la section des nerfs pneumogastriques chez les animaux*
vertébrés aériens sur le rhythme respiratoire ; action de l'excitation
des nerfs pneumogastrique, laryngé supérieur et nasal.

(*Bulletin de la Société de biologie*, 1868.)

1° Tracés graphiques frès-nombreux montrant, chez les mammifères,
les oiseaux, les reptiles, l'influence de la séction d'un ou de deux pneumogastriques sur le rhythme respiratoire, les animaux étant ou non
endormis par le chloroforme. Ces tracés révèlent des détails curieux,
qui expliquent certaines contradictions des nombreux auteurs qui ont
étudié ce sujet (voy., au verso, fig. 17-22, un exemple pour chacun
des trois groupes précités).

Si l'on coupe un seul des nerfs pneumogastriques, le bout périphérique
cesse à peu près en même temps, c'est-à-dire du quatrième au sixième
jour, d'agir sur l'œsophage, le cœur et les poumons. La contractilité
propre du poumon a disparu elle-même au bout de deux semaines. Les
vibrations des cils bronchiques ne sont nullement influencées, et l'on ne
constate aucune altération dans le tissu pulmonaire.

2° Depuis les importants travaux de Rosenthal (1862), les physiologistes admettent qu'il existe un antagonisme fonctionnel entre les nerfs
pneumogastriques d'une part, les nerfs laryngés supérieurs et nasaux
d'autre part. L'excitation des premiers ayant pour effet, lorsqu'elle est
assez énergique, d'arrêter la respiration en tétanisant les muscles inspirateurs et paralysant les expirateurs, celle des seconds ayant un résultat exactement inverse. D'où a été déduite une théorie très-ingénieuse
pour l'explication du rhythme respiratoire.

Le présent travail et les graphiques qui en sont la base ne permettent
plus d'accepter cet antagonisme. A la formule de Rosenthal, il convient de substituer celle-ci : toute excitation suffisamment énergique
de l'un quelconque des trois nerfs sus-nommés arrête la respiration au

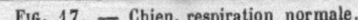

FIG. 17. — Chien, respiration normale.

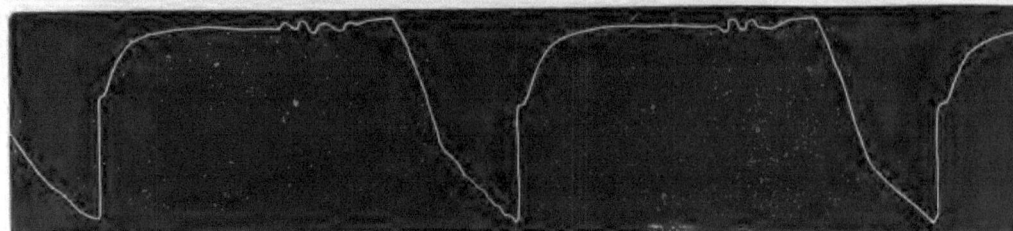

FIG. 18. — Même chien, quatre jours après la section des deux pneumogastriques.

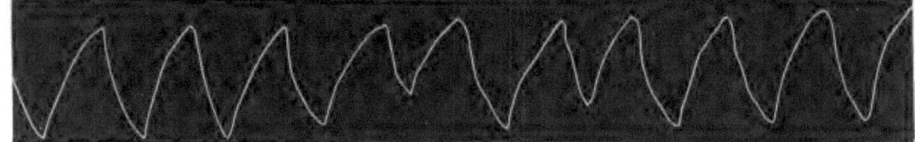

FIG. 19. — Canard, respiration normale.

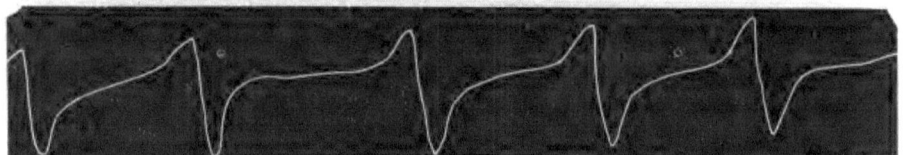

FIG. 20. — Même canard, dix-sept minutes après la section des deux pneumogastriques.

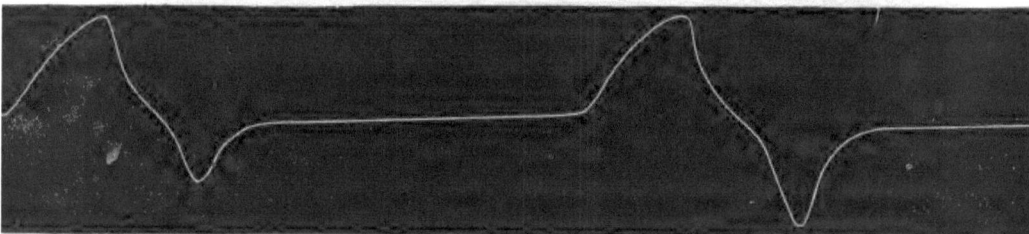

FIG. 21. — Tortue, respiration normale.

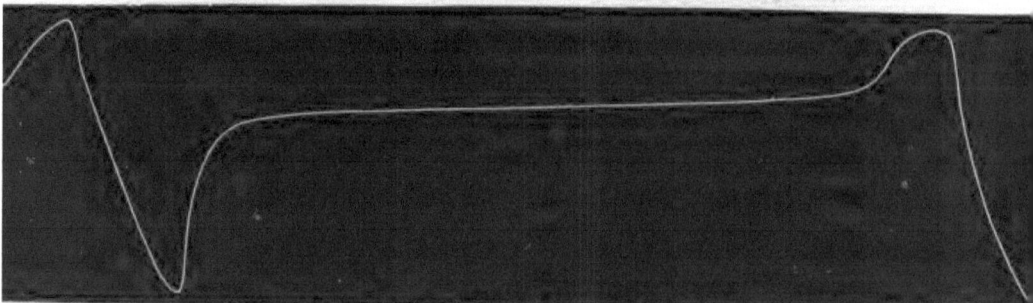

FIG. 22. — Même tortue, cinq minutes après la section des deux pneumogastriques.

moment même où elle est appliquée sur ce nerf, que ce soit en inspiration ou en expiration.

Il est plus difficile d'arrêter la respiration pendant la phase inspiratoire que pendant l'expiration. Toutes les fois que la respiration est
ainsi suspendue, l'animal lui-même demeure immobile et comme
idéré. On peut souvent alors le tuer, comme il a été dit plus haut (44).

Je présente, à titre d'exemple, deux tracés (fig. 23) obtenus par la
galvanisation du nerf pneumogastrique, chez le même animal avec le
même courant, et montrant des arrêts en inspiration ou en expiration
qui se sont prolongés pendant plus de trente secondes.

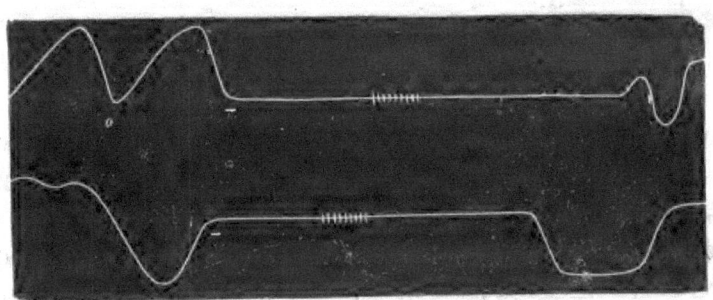

FIG. 23.

On ne saurait invoquer, comme l'a fait Rosenthal, pour expliquer
l'arrêt en expiration, l'action sur le laryngé supérieur d'un courant dé-
rivé, car voici un tracé (fig. 24) qui montre un arrêt en inspiration,
pendant 11 secondes, par l'excitation mécanique de ce dernier nerf.

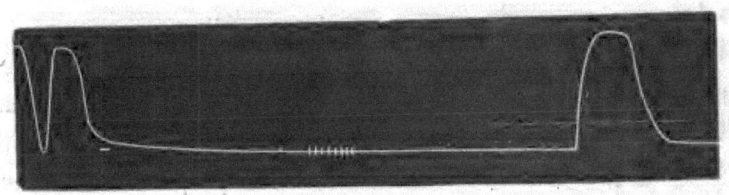

FIG. 24.

Voici enfin un autre tracé (fig. 25) dans lequel l'arrêt en inspiration est dû au pincement d'une narine.

FIG. 25.

Le travail que je résume ici contient un très-grand nombre de ces représentations graphiques, qui ont été obtenues en mettant en expérience des mammifères, des oiseaux ou des reptiles.

La plupart des expériences dont il vient d'être question, touchant les actes mécaniques ou chimiques de la respiration, ont été exécutées dans le laboratoire de physiologie comparée du Muséum d'histoire naturelle. Elles ont fourni la matière du cours que M. P. Bert a eu l'honneur de faire dans cet établissement pendant l'hiver 1867-1868, et qui avait pour sujet : la physiologie comparée de la respiration. Ce cours est sur le point d'être publié en un volume. On y trouvera développés comme il convient, et exposés méthodiquement, les faits qui ont été rappelés ci-dessus, et un grand nombre d'autres constatations de détails qui ne méritaient pas de faire le sujet de communications à des sociétés savantes. Pendant son cours et dans son livre, M. P. Bert s'est particulièrement attaché à prouver que rien en physiologie n'est démontré, même dans le simple domaine des actes mécaniques, tant que l'expérience n'est pas intervenue; il a tenu surtout à mettre ses auditeurs et ses lecteurs en garde contre les conclusions satisfaisantes pour l'esprit qu'on tire trop volontiers, en physiologie comparée, de la connaissance des dispositions anatomiques, et à montrer l'importance exagérée qu'on a toujours attachée à celles-ci dans l'explication de différences biologiques qui dépendent au fond des propriétés des tissus. L'expérimentation seule peut nous éclairer sur tous ces points, et nous débarrasser enfin de la physiologie des vraisemblances. Vérité qui passe-rait au delà du Rhin pour une banalité et dont, cependant, l'exposition a semblé une hardiesse qui mérite presque d'être comptée comme un titre scientifique.

49. Sur le tic ou chorée des chiens.

(Bulletin de la Société de biologie, 1868.)

Le tic disparaît pendant l'anesthésie due au chloroforme.

Il persiste nonobstant la section de toutes les racines postérieures des nerfs du membre qui en est atteint. C'est donc une maladie des centres nerveux, qu'on essayerait vainement de guérir par la section des nerfs.

50. Sur la réviviscence de la Selaginella lepidophylla.
(En commun avec le docteur Bureau.)

(Bulletin de la Société de biologie, 1868.)

Cette Sélaginelle, après avoir été desséchée au soleil, puis maintenue dans un courant d'air à 50 degrés pendant assez de jours pour ne plus perdre de son poids, revient parfaitement à la vie lorsqu'on l'immerge dans l'eau pour la planter ensuite. Les mêmes résultats ont été obtenus avec une Fougère (*Ceterach officinale*), dont les frondes résistent à cette dessiccation très-avancée, que nous n'osons cependant déclarer complète, parce que l'élévation consécutive de la température à 80 degrés a tué nos végétaux. Ce sont là des faits assez importants à cause de la structure complexe de ces plantes 'qui contiennent les mêmes éléments anatomiques que les végétaux dits supérieurs; il y a donc lieu de penser qu'on les constatera chez certains de ceux-ci.

B. — ANATOMIE.

51. *Sur la présence de vraies trachées dans les jeunes pousses de fougères.*

(*Bulletin de la Société philomathique*, 1859.)

On enseignait partout, depuis les travaux d'H. Mohl, que les fougères ne possèdent point de véritables trachées déroulables. Ce caractère était un de ceux qui séparaient les végétaux cotylédonés des cryptogames vasculaires. Le présent travail montra que les jeunes pousses des fougères contiennent de véritables trachées, et ne contiennent même que cet ordre de vaisseaux. Depuis, ce fait a été confirmé, et M. Duval-Jouve a retrouvé ces vaisseaux déroulables dans les parties ligneuses complétement développées des fougères.

52. *Observations sur l'anatomie du phoque* (Phoca vitulina, Lin.),

(*Bulletin de la Société philomathique*, 1862.)

Indication de fibres diaphragmatiques non encore décrites servant à ouvrir le sphincter de Burrow au moment de l'inspiration. — Persistance de la veine ombilicale chez le phoque adulte.

53. *Anatomie du système nerveux de la patelle* (Patella vulgariso).

(*Bulletin de la Société philomathique*, 1862.)

Étude détaillée de ce système. Comparaison avec celui de l'Haliotide.

54. *Sur quelques points de l'anatomie du Fou de Bassan* (Sula bassana, Briss.).

(*Bulletin de la Société philomathique*, 1865. — *Bulletin de la Société de biologie*, 1865.)

Description très-détaillée des sacs aériens sous-cutanés, dont l'existence avait été niée par des auteurs récents. Ceux du cou dépendent des réservoirs dits *cervicaux*, ceux du corps du réservoir dit *claviculaire*.

55. *Sur la membrane du vol du phalanger volant* (Didelphis petaurus, Shaw.).

(*Bulletin de la Société philomathique*, 1866.)

Description du système musculaire qui tend cette membrane.

56. *Sur l'amphioxus* (Amphioxus lanceolatus Yarell).

(*Comptes rendus de l'Académie des sciences*, 1867.)

(Voy. § 29). *Partie anatomique*. Détails sur l'augmentation du nombre des branchies avec l'âge, sur les organes générateurs, la structure de la corde dorsale, la terminaison des nerfs cutanés, etc.

57. *Note sur la présence, dans la peau des holothuries, d'une matière insoluble dans la potasse caustique et l'acide chlorhydrique concentré.*

Mémoires de la Société des sciences physiques et naturelles de Bordeaux, t. IV, 1er cahier (suite), 1866.)

58. *Sur le sang de divers animaux invertébrés.*

(Extrait *in Mémoires de la Société des sciences physiques et naturelles de Bordeaux*, t. V, 1867.)

Remarques sur la composition chimique du sang des synaptes, des siponcles, des crabes et des sèches.

C. — ANATOMIE PATHOLOGIQUE.

59. *Œuf (de poule) complet inclus dans un autre œuf complet.*

(*Bulletin de la Société philomathique*, 1862.)

60. *Sur un cas de monstruosité triple (genre triparagnathe).*

(*Bulletin de la Société philomathique*, 1863.)

Il s'agissait d'un mouton, portant sous chaque oreille une petite bouche armée de dents.

61. *Sur deux poulets déradelphes.*

(*Bulletin de la Société de biologie*, 1865.)

62. *Sur une monstruosité présentée par une patelle.*

(Publiée par Fisher dans le *Bulletin de la Société philomathique*, 1864.)

63. *Sur un monstre double de la famille des monosomiens.*

(*Bulletin de la Société philomathique*, 1864. — *Bulletin de la Société de biologie*, 1864, 1 pl.)

Ce monstre, dont il était assez difficile de marquer la place dans le cadre tératologique, a donné lieu à une discussion entre M. Goubaux et M. Bert. Depuis, le savant professeur d'Alfort, qui s'est rangé à l'opinion de M. Bert, a fait de cet animal le type d'un genre nouveau.

64. *Insuffisance du péricarde observée chez un chien bien portant.*

(*Bulletin de la Société de biologie,* 1866.)

D. — ZOOLOGIE.

65. *Catalogue méthodique des animaux vertébrés qui vivent à l'état sauvage dans le département de l'Yonne, avec la clef des genres et la diagnose des espèces.*

(Paris, Victor Masson, 1864, XXII-121 pages avec 55 figures.)

Ce catalogue contient l'énumération de 47 mammifères, 215 oiseaux, 11 reptiles, 14 amphibiens, 32 poissons, recueillis dans le département. Dans le choix des caractères qui ont servi à la confection des clefs analytiques et à la rédaction des diagnoses, l'auteur s'est surtout attaché à être précis et facile à comprendre, « se proposant d'obtenir ce résultat, que les personnes les moins familières avec les habitudes de la science pussent arriver rapidement, presque sans efforts et sans notions préalables, à déterminer les espèces qui se trouveraient entre leurs mains. »

C'est en considération de ce but qu'il avait essayé d'atteindre, que la Société pour l'instruction élémentaire a honoré l'auteur d'une médaille de bronze (**1865**).

66. *Sur les affinités de la classe des reptiles vrais avec celle des oiseaux.*

(*Bulletin de la Société philomathique,* 1865. — *Bulletin de la Société de biologie,* 1865.)

Les caractères tirés principalement du squelette, de l'appareil circulatoire, de la structure de l'œuf, rapprochent étroitement ces deux classes.

67. *Note sur la présence de l'*Amphioxus lanceolatus *dans le bassin d'Arcachon, et sur ses spermatozoïdes.*

(*Mémoires de la Société des sciences physiques et naturelles de Bordeaux*, t. IV, 1er cahier (suite), p. 55-59, 1866.)

Première constatation de la présence de cet animal sur les côtes océaniques de France. C'est aussi la première fois qu'on le voit émettre spontanément des spermatozoïdes mûrs, ce qui indique qu'il est bien un animal ayant acquis sa forme définitive.

68. *Mesures prises sur un jeune Gorille en chair.*

(*Mémoires de la Société des sciences physiques et naturelles de Bordeaux*. — Présenté en 1868, n'est pas encore imprimé.)

Nombreuses mensurations prises sur un animal conservé dans l'alcool. Elles sont prises en suivant le tableau dressé pour l'homme par la Société d'anthropologie. Elles pourront servir pour comparer exactement les modifications de forme du Gorille, de l'enfance à l'âge adulte, avec les modifications correspondantes dans l'espèce humaine.

D. — DIVERS.

69. *Sur l'origine des puits naturels.*

(*Bulletin de la Société d'anthropologie*, 1863.)

Réfutation d'une opinion qui voyait dans ces puits l'œuvre d'hommes appartenant à l'époque du calcaire grossier.

70. *Sur les hommes à queue.*

(*Bulletin de la Société d'anthropologie*, 1864.)

71. *Sur la question de la surdi-mutité dans ses rapports avec la consanguinité.*

(Lettre à M. le docteur Bally, dans le *Bulletin de la Société médicale de l'Yonne*, 1864.)

A la suite de cette lettre, la Société médicale de l'Yonne, adoptant le questionnaire détaillé qui y est contenu, a ouvert une enquête qui devra fournir des résultats intéressants, et servir de base à une statistique fondée non sur des constatations administratives toujours insuffisantes, mais sur des renseignements recueillis par des médecins.

72. *Action de l'acide phénique sur le curare et la strychnine en dissolution.*

(*Bulletin de la Société philomathique*, 1865. — *Bulletin de la Société de biologie*, 1865.)

L'agitation d'une solution aqueuse de curare ou de strychnine avec quelques gouttes d'acide phénique suffit pour mettre toute la matière toxique sous forme d'une espèce d'émulsion, ce qui permet de la séparer à l'aide du filtre.

73. *Revue des travaux d'anatomie et de physiologie publiés en France pendant l'année 1864.*

(Paris, J.-B. Baillière, 1865, 61 pages.)

Tentative d'imitation des recueils allemands, qui, devant l'indifférence du public français, ne put être renouvelée.

74. *Dictionnaire de médecine et de chirurgie pratiques.*

(Paris, J.-B. Baillière.)

Art. Absorption, t. I, p. 140-183, 1864.
Art. Asphyxie, t. III, p. 545-575, 1865.
Art. Chaleur animale, t. VI, p. 731-771, 1867.

75. *Conférence sur le système nerveux.*

(*Revue des Cours scientifiques*, 1866.)

Conférence faite à la Sorbonne, en mars 1866.

76. *Sur la distribution géographique des mammifères.*

(*Revue des Cours scientifiques*, 1866.)

Leçon faite à la Faculté des sciences de Bordeaux.

77. *Des métamorphoses dans la série animale.*

(*Revue des Cours scientifiques*, 1867.)

Conférence faite à la Faculté des sciences de Bordeaux.

78. *La machine humaine.*

(1ᵉʳ partie : *Équilibre de la matière.* Paris, Hachette, 1867, in-18, 51 pages. — 2ᵉ partie : *Équilibre de la force.* — *Ibid.*, 1868, in-18, 53 pages.)

Deux conférences faites aux ouvriers et aux employés des chemins de fer du Midi, à Bordeaux.

79. *La respiration.*

(*Revue des Cours scientifiques*, 1868.)

Conférence faite à la Sorbonne, en décembre 1867.

Paris. — Imprimerie de E. MARTINET, rue Mignon, 2.

SUPPLÉMENT

NOVEMBRE 1869.

ENSEIGNEMENT

Année scolaire 1868-1869 :

Chargé du cours de physiologie à la Faculté des sciences de Paris.

Directeur du laboratoire d'enseignement de la physiologie à l'École pratique des Hautes études.

TRAVAUX SCIENTIFIQUES

80. *Sur le tournoiement obtenu en injectant de l'eau froide dans l'oreille externe.*

(*Comptes rendus de la Société de biologie,* 1869.)

On peut obtenir un tournoiement analogue à celui qui suit la section des canaux demi-circulaires, mais beaucoup moins énergique, en injectant très-doucement de l'eau glacée dans l'oreille d'un lapin. L'animal tombe sur le côté où a été faite l'injection, et présente les modifications habituelles dans les mouvements de l'œil et de l'iris de ce même côté.

81. *Mémoire sur l'action physiologique de l'acide phénique.*

En collaboration avec le docteur Jolyet.

(En extrait : *Comptes rendus de la Société de biologie,* 1869.)

L'acide phénique (injecté dans l'estomac en dissolution au 30ᵉ), à dose mortelle (3 ou 4 grammes pour des chiens de moyenne taille), donne des convulsions avec trépidations singulières qui sont dues à une excitation des cellules sensibles de la moelle épinière ; elles disparaissent en effet par la section des nerfs moteurs ou par l'emploi du chloroforme.

La mort est la conséquence de cette excitation exagérée; elle a pour mécanisme prochain une diminution des mouvements respiratoires et de la pression cardiaque, qui tombe à 2 et 3 centimètres.

A dose plus forte (6 à 7 grammes), l'acide phénique tue subitement sans convulsions, par arrêt des ventricules du cœur ; le sang est rouge dans les cavités gauches.

A la dose limite (2 à 3 grammes), les animaux, après des convulsions qui durent trois à quatre heures, reviennent à eux et reprennent les apparences de la santé parfaite ; mais fréquemment, au bout de quelques jours, surviennent des pneumonies et des kérato-conjonctivites, l'œil se vide et l'animal meurt.

Les doses faibles (1 gramme), peuvent être sans aucun inconvénient administrées pendant plusieurs mois.

Il se fait une accoutumance manifeste à l'action de l'acide phénique, mais cette accoutumance ne permet pas de dépasser beaucoup la dose mortelle ; nous n'avons pu aller chez les chiens au delà de 6 à 7 grammes.

82. *Sur la prétendue influence de l'électrisation par des courants continus sur la nutrition des animaux.*

(*Comptes rendus de la Société de biologie*, 1869.)

Divers auteurs avaient autrefois attribué à l'électricité voltaïque une grande influence sur la nutrition des animaux (accroissement, engraissement). Récemment, des physiologistes français ont avancé que cette influence se manifeste d'une manière très-rapide à la suite d'applications de courants continus pendant quelques minutes par jour.

Les expériences de l'auteur ont montré que le développement de jeunes animaux (cochons d'Inde et lapins) n'est nullement modifié par l'application quotidienne de courants continus ou de courants induits.

Des expériences actuellement en cours d'exécution montreront si les courants galvaniques employés d'une manière continue ont de l'influence sur l'évolution des chrysalides, le développement des œufs, etc.

83. *Influence des divers rayons lumineux sur l'étiolement des animaux.*

(*Comptes rendus de la Société de biologie*, 1869.)

On sait que la plupart des animaux s'étiolent à l'obscurité. Des têtards d'Axolotl, élevés dans des vases recouverts d'un verre orangé, et d'autres élevés dans l'obscurité complète étaient identiques; c'est-à-dire presque dépourvus de pigment cutané.

Des animaux du même âge, placés dans des vases recouverts d'un verre blanc, avaient une teinte beaucoup plus foncée, due au riche développement de leurs cellules pigmentaires, teinte que les premiers finirent par acquérir par leur exposition consécutive à la lumière complète du soleil. Or, le verre orangé employé ne laissait passer que la moitié la moins réfrangible du spectre : vert, jaune, orangé, rouge. La formation du pigment est donc sous l'influence de la région bleue et violette du spectre.

84. *Observations faites sur un chien empoisonné par le curare.*

(*Archives de physiologie*, 1869.)

Sur un chien paralysé par le curare et entretenu vivant à l'aide de la respiration artificielle, l'excitation d'un nerf sensible quelconque (nerfs des membres, intercostaux, sous-orbitaire), excite une contraction de la vessie urinaire; on ne l'obtient pas, au contraire, par l'irritation du pneumogastrique ou du nerf sympathique au cou. Le chien chez qui ces effets ont été constatés a été entretenu vivant pendant dix heures à l'aide de la respiration artificielle; pendant tout ce temps, la galvanisation du pneumogastrique a continué à arrêter le cœur et celle du sympathique cervical à faire dilater la pupille.

85. *Sur la résistance des mammifères nouveau-nés à l'action de certains poisons.*

(*Comptes rendus de la Société de biologie*, 1869.)

Il faut, pour tuer avec de la strychnine un chien âgé de trois ou quatre jours, environ dix fois plus de poison (eu égard à son poids) que pour un chien adulte; encore, ne peut-on jamais obtenir une mort subite; mais, chose curieuse, les convulsions arrivent avec des doses identiques (toujours relativement au poids) chez l'adulte et le nouveau-né ; seulement elles ne tuent pas celui-ci. Mêmes phénomènes pour la digitaline. Applications à la thérapeutique des enfants nouveau-nés.

86. *Sur les mouvements de la Sensitive.*

(2e mémoire, voy. § 19.)

(En extrait : *Comptes rendus de la Société de biologie*, 1869. — En cours de publication : *Bulletin de la Société des sciences physiques et naturelles de Bordeaux.*)

A. *Mouvements spontanés.* — Tableaux graphiques représentant les mouvements des pétioles primaires observés toutes les deux ou trois heures, pendant dix-sept jours et dix-sept nuits consécutifs, sur deux Sensitives qui, après quatre jours d'observations dans des conditions normales, ont été soumises l'une à l'obscurité continue (cinq jours), l'autre à un éclairage continu (six nuits), puis replacées dans leurs conditions premières.

Les tracés contenus dans ces tableaux pourraient s'expliquer en admettant, par hypothèse, que l'action de la lumière a pour conséquence la formation, dans le renflement moteur, d'une matière fortement endosmotique, matière qui se détruirait au bout d'un temps, dans l'obscurité, à la suite même de l'endosmose qu'elle a exercée.

Le mécanisme des mouvements spontanés reposerait donc sur une absorption d'eau. Mais il faut faire intervenir quelque modification chimique dans les cellules des parties molles, puisque ces mouvements continuent à s'exécuter pendant plusieurs jours, alors même que ces parties sont immergées dans l'eau.

B. *Mouvements provoqués.* — Nouveaux détails sur la rapidité de la transmission et de l'exécution des mouvements.

Nouvelles preuves qu'il n'y a pas, dans la partie inférieure du renflement de la sensitive, de substance agissant à la façon d'une substance contractile.

Discussion montrant que les mouvements spontanés et les mouvements provoqués ne peuvent être, comme on l'enseigne en Allemagne, attribués à une même cause. Tout en eux diffère. J'avais déjà vu (§ 19) que les anesthésiques suppriment les derniers et respectent les premiers ; on trouve de plus, dans les graphiques ci-dessus indiqués, des cas où la sensibilité persistant, les mouvements périodiques ont été presque réduits à rien, et réciproquement.

C. *Influence des rayons lumineux de longueurs d'onde différentes.* — Les rayons de la région la moins réfrangible du spectre, du rouge au vert, augmentent le redressement des pétioles primaires et la fermeture des folioles ; les plantes placées dans les autres rayons tiennent leurs pétioles beaucoup plus abaissés que dans la lumière blanche, et leurs folioles étalées. Le soir, elles se ferment plus tard que les premières.

Les Sensitives étant soumises à l'influence de diverses couleurs, celles qui ne reçoivent que les rayons verts perdent leur sensibilité et périssent peu après celles qui ont été placées dans l'obscurité. Les autres vivent fort longtemps.

Les folioles fermées après excitation se rouvrent aussi vite sous l'influence des rayons bleus et violets que sous celle de la lumière blanche ; la région vert jaune rouge du spectre retarde beaucoup leur retour à l'état d'étalement diurne ; l'obscurité, plus encore. (Expériences faites avec des cages de verre de couleur, dont la valeur chromatique était déterminée à l'aide du prisme ; comme, à l'exception des rouges et des verts, ces verres laissent toujours passer simultanément des rayons de diverses couleurs, il est difficile de donner plus de précision aux expériences faites par cette méthode, la seule qui convienne cependant aux expériences à longue portée.)

D. *Réveil à l'aide de lumières artificielles intenses.* — Une sensitive endormie (folioles fermées) peut être réveillée par l'action d'une forte lumière artificielle, soit pendant que brille cette lumière, ce qu'on savait déjà, soit après qu'elle a été éteinte, par une action consécutive.

87. *Sur la température comparée de la tige et du renflement moteur de la Sensitive.*

(*Comptes rendus de l'Académie des sciences*, 1869, t. LXIX.)

Le renflement moteur du pétiole primaire est toujours à une température inférieure à celle de la tige. L'aiguille d'un galvanomètre mis en communication avec des éléments thermo-électriques convenablement disposés a donné des déviations de 6 à 22 degrés. Il se passe, dans cet organe de très-faible volume, des phénomènes nutritifs qui consomment de la chaleur. C'est le premier exemple de ces phénomènes constatés dans un organisme vivant.

Les actes qui déterminent le mouvement provoqué produisent, au contraire, de la chaleur : l'aiguille rétrograde de 2 à 4 degrés.

Dans toutes ces recherches, la Sensitive a été considérée comme un moyen d'étude permettant d'analyser, grâce à leur intensité particulière, des phénomènes qui sont généraux dans le règne végétal. C'est ainsi que la mort rapide des sensitives dans les rayons verts (§ 86) explique en partie le défaut de végétation des plantes phanérogames à l'ombre des forêts, que les faits rapportés dans le présent paragraphe devront probablement être retrouvés chez toutes les plantes sommeillantes, etc.

88. *Sur la question de savoir si tous les animaux voient les mêmes rayons lumineux que nous.*

(*Archives de physiologie*, 1869. — Extrait in *Comptes rendus de l'Académie des sciences*, 1869, t. LXIX.)

Les conclusions de ce mémoire sont les suivantes :

A. Tous les animaux voient les rayons spectraux que nous voyons.

B. Ils ne voient aucun de ceux que nous ne voyons pas.

C. Dans l'étendue de la région visible, les différences dans le pouvoir éclairant des différents rayons colorés sont les mêmes pour eux et pour nous.

En 'd'autres termes, il existe entre la force vive de certaines vibrations éthérées, d'une part, et, d'autre part, la constitution de la matière nerveuse, envisagée soit dans certaines de ses terminaisons périphériques, soit dans certains centres nerveux, des rapports tels, que cette force vive puisse se transformer en impressions, et donner naissance à des sensations et à des perceptions identiques pour chaque vibration prise en particulier.

Ce mémoire est extrait d'un livre en préparation intitulé : *Physiologie des sensations,* leçons professées à la Faculté des sciences de Paris pendant le semestre d'été de 1869.

89. *Sur l'absorption par la vessie.*

En collaboration avec le docteur Jolyet (*Comptes rendus de la Société de biologie*, 1869.)

La muqueuse vésicale, chez les lapins et les chiens, absorbe parfaitement, bien qu'on ait dit le contraire dans ces derniers temps, la strychnine, l'iodure de potassium, etc.

90. *Dictionnaire de médecine et de chirurgie pratiques* (voy. § 74).

(Paris, J.-B. Baillière et Fils.)

Art. CURARE, t. X, p. 548-565, 1869.
Art. DÉFÉCATION, t. X, p. 747-753, 1869.
Art. DIGESTION, t. XI, p. 480-519, 1869.

91. *Leçons sur la physiologie comparée de la respiration,* professées au Muséum d'histoire naturelle en 1868.

Un volume in-8 de xxxvi-588 pages avec 150 figures intercalées dans le texte. Paris, 1869.

Ce volume a été annoncé plus haut (voy. p. 40). L'ouvrage est divisé en trente et une leçons. Les deux premières comprennent une rapide

revue historique des diverses théories de la respiration. Les leçons III
et IV traitent de la respiration des tissus (voy. ci-dessus, § 32) ; les
leçons V à IX, du sang, et particulièrement des gaz qu'il contient. On
trouve à côté du développement des résultats indiqués ci-dessus (§ 33),
une exposition assez complète de l'état actuel de ces questions, peu étu-
diées généralement en France. La leçon X est consacrée à une étude
des milieux respirables, où se trouvent des indications nouvelles sur la
composition de l'air du poumon après l'expiration. L'étude des méca-
nismes respiratoires dans la série animale entière fait le sujet des
leçons XI, XII..... XIX (p. 164 à 346) ; l'emploi de la méthode graphique a permis de résoudre un grand nombre de questions intéressantes pour l'histoire naturelle et la physiologie comparée : quelques-
uns de ces faits ont déjà été indiqués ci-dessus (§ 39). La XXᵉ leçon
traite de l'action du diaphragme sur les côtes (§ 36) et de faits se
rattachant à la théorie de l'expiration. Dans la XXIᵉ sont démontrées
l'existence de la contractilité pulmonaire et celle de changements réels
de la pression intra–pulmonaire pendant les deux temps de la respiration (§§ 37 et 42). Les différences dans le nombre des mouvements respiratoires chez divers animaux forment le sujet de la
XXIIᵉ leçon (§ 38). Dans la XXIIIᵉ se trouvent des études sur l'influence de certains obstacles à la circulation de l'air du poumon, sur les
modifications de la respiration pendant certains empoisonnements, pendant l'asphyxie et l'hémorrhagie. Ces faits sont étudiés à l'aide de la
méthode graphique. C'est encore celle-ci qui m'a servi à analyser dans
la XXIVᵉ leçon les altérations que subit le rhythme respiratoire après
la section des deux nerfs pneumogastriques chez des Mammifères,
des Oiseaux et des Reptiles (§ 48 , 1°). On a déjà vu (§ 48 , 2°)
qu'elle m'a permis de démontrer le peu de fondement de diverses
théories allemandes relatives à l'influence de l'excitation de certains
nerfs sur la respiration : c'est cette démonstration qui, avec l'étude de
la cause de certaines morts subites (§ 44), fait le sujet des leçons XXV
et XXVI. De tous ces faits a pu se déduire une explication de la

raison de la mort après la section des nerfs pneumogastriques. Les leçons XXVII et XXVIII traitent de l'asphyxie dans une atmosphère confinée. J'espère y avoir montré que, dans les circonstances ordinaires, la cause de la mort est, pour les animaux à sang chaud, la diminution de l'oxygène; pour les animaux à sang froid, l'augmentation de l'acide carbonique. Chemin faisant, il est démontré que ce gaz est non-seulement irrespirable, mais toxique. De nombreuses expériences, groupées en tableaux, appuient ces conclusions, et montrent en même temps la grande diversité des résultats. L'asphyxie par submersion est étudiée dans la XXIX° leçon, l'acte du plonger, dans la XXX°, la résistance des nouveau-nés à l'asphyxie, dans la XXXI°; ces cinq dernières contiennent le développement des idées énoncées ci-dessus aux §§ 21, 22, 23, 24, 25, 44, 45, développement qui a reçu l'appui d'un grand nombre de faits nouveaux.

Pour indiquer maintenant le caractère général de cette publication, je demande la permission de transcrire ici un passage de sa préface :

« Dans ces études sur la respiration, j'ai tenté de ne négliger aucun » des points de vue du naturaliste, de l'expérimentateur, du médecin. » J'ai essayé d'aller un peu plus loin qu'on ne l'avait fait, d'une part, » en appliquant l'expérimentation à l'explication des faits d'histoire » naturelle, et, d'autre part, en utilisant les faits constatés chez les ani- » maux inférieurs pour l'étude des problèmes physiologiques ou patho- » logiques que présente l'espèce humaine. Sur beaucoup de points, il » est vrai, mes travaux sont restés dans le domaine de la simple » constatation, de la curiosité scientifique. Je les publie, cependant, » jusque dans leurs minutieux détails. Alors même qu'il est impossible » de l'entrevoir encore, je crois à la concordance finale de toutes ces » recherches et à l'harmonie que l'avenir établira entre leurs résultats, » en apparence si disparates aujourd'hui. »

92. — Enfin, M. Bert croit pouvoir compter au nombre de ses titres scientifiques l'installation qu'il a faite, avec le concours de M. le docteur Jourdanet, d'appareils destinés à étudier l'influence de la diminution dans la pression barométrique sur certains phénomènes physiologiques : appareils qui, fabriqués et prêts à être livrés depuis plus d'un an, n'ont pu être établis que tout récemment dans le nouveau laboratoire de physiologie de la Sorbonne. Ces appareils sont représentés dans la figure 26 : A et A′ sont deux vastes récipients parfaitement éclairés par de larges lucarnes, et qui peuvent communiquer l'un

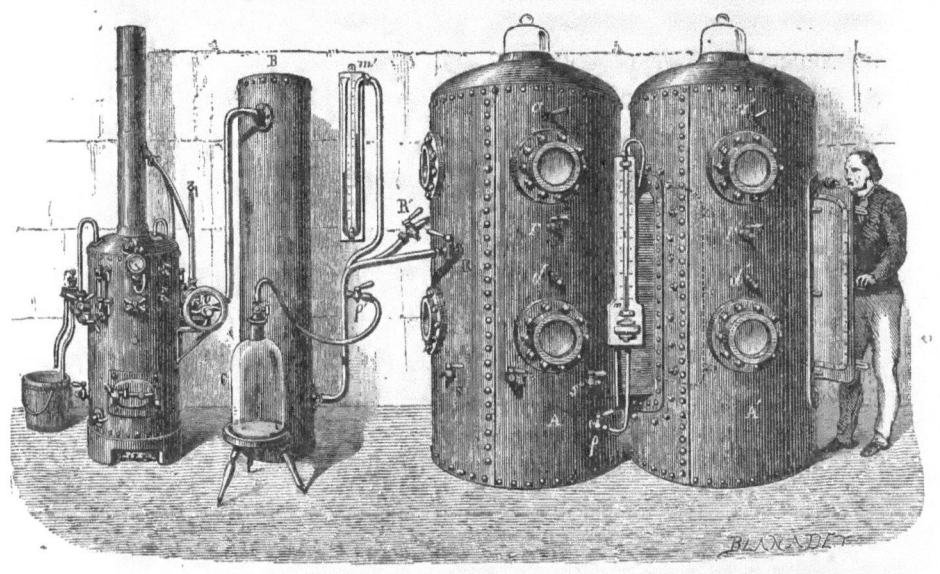

Fig. 26.

avec l'autre ou être maintenus, grâce à une porte qui clôt hermétiquement (indiquée en pointillé dans le dessin), séparés et dans des conditions de pression différentes. Un autre récipient B évite l'impression désagréable des coups de piston de la machine à vapeur, et permet, à l'occasion, de faire presque instantanément le vide dans une grande cloche de verre C. Un courant d'air est, si l'on veut, entretenu régulièrement dans l'appareil, et des animaux peuvent y vivre pendant un temps très-long.

MM. Bert et Jourdanet se proposent principalement d'étudier, à l'aide de cet appareil, les modifications que la diminution de la pression barométrique, amenée à des degrés divers, apportera dans les échanges gazeux de la respiration, dans la quantité absolue et la proportion relative des gaz du sang, et peut-être, après un certain temps, dans la composition de celui-ci et par suite dans les actes de la nutrition. L'appareil est disposé de telle manière qu'il sera facile plus tard d'étudier l'influence des augmentations de la pression barométrique. MM. Bert et Jourdanet ont commencé par la diminution de pression, pour cette raison que des millions d'hommes vivent régulièrement dans ces conditions, et qu'ainsi cette question intéresse non-seulement la physiologie et la médecine, mais jusqu'à l'hygiène des peuples.

Paris. — Imprimerie de E. MARTINET, rue Mignon, 2.